BEI GRIN MACHT SICH
WISSEN BEZAHLT

- Wir veröffentlichen Ihre Hausarbeit,
  Bachelor- und Masterarbeit

- Ihr eigenes eBook und Buch -
  weltweit in allen wichtigen Shops

- Verdienen Sie an jedem Verkauf

Jetzt bei www.GRIN.com hochladen
und kostenlos publizieren

Bibliografische Information der Deutschen Nationalbibliothek:

Die Deutsche Bibliothek verzeichnet diese Publikation in der Deutschen National-
bibliografie; detaillierte bibliografische Daten sind im Internet über http://dnb.d-
nb.de/ abrufbar.

Impressum:

Copyright © 2015 GRIN Verlag, Open Publishing GmbH
Druck und Bindung: Books on Demand GmbH, Norderstedt Germany
ISBN: 978-3-668-21461-3

Dieses Buch bei GRIN:

http://www.grin.com/de/e-book/322045/das-ende-von-tartuffe-der-schluss-von-
molieres-heuchlerstueck-in-den

Stephan Burianek

Das Ende von "Tartuffe". Der Schluss von Molières Heuchlerstück in den Inszenierungen von Rudolf Noelte, Ariane Mnouchkine, Luc Bondy und Michael Thalheimer

GRIN Verlag

GRIN - Your knowledge has value

Der GRIN Verlag publiziert seit 1998 wissenschaftliche Arbeiten von Studenten, Hochschullehrern und anderen Akademikern als eBook und gedrucktes Buch. Die Verlagswebsite www.grin.com ist die ideale Plattform zur Veröffentlichung von Hausarbeiten, Abschlussarbeiten, wissenschaftlichen Aufsätzen, Dissertationen und Fachbüchern.

Besuchen Sie uns im Internet:

http://www.grin.com/

http://www.facebook.com/grincom

http://www.twitter.com/grin_com

Stephan BURIANEK

Das Ende von Tartuffe

Der Schluss von Molières Heuchlerstück in den Inszenierungen von
Rudolf Noelte, Ariane Mnouchkine, Luc Bondy und Michael Thalheimer

Seminararbeit

SE Molière und Marivaux (Modul: Archiv und Historiographie), SoSe 2015
Institut für Theater-, Film- und Medienwissenschaft der Universität Wien,

Inhalt

1. Ziel dieser Arbeit

Moliéres politische Komödie „Tartuffe" zählt zu den weltweit am häufigsten gespielten Theaterstücken. Das ist wenig verwunderlich, ist doch der Typus des (religiösen) Heuchlers ein zeitloses Phänomen. Moliére schuf mit seiner Tartuffe-Figur zudem eine Vorlage für nachfolgende Generationen, man denke beispielsweise an Beaumarchais „L'Autre Tartuffe ou la Mère coupable" („Ein zweiter Tartuffe oder Die Schuld der Mutter").

Regisseure stehen bei der Inszenierung dieses Werks in der Regel vor einer ganz bestimmten Herausforderung: Der abrupte Schluss und seine „Deus ex machina"-Wendung wirken aus heutiger Sicht allzu konstruiert, vielleicht sogar unbeholfen. Molières Motivation, sich mit diesem Ende bei König Ludwig XIV. für dessen Schutz gegen heftige Angriffe zu bedanken und ihn zu einer allgemeinen Freigabe zu bewegen, erscheint uns freilich nachvollziehbar. Köhler verteidigt den Schluss in diesem Zusammenhang gar das „realste Element des ganzen Stückes."[1] Trotzdem greift das banale Stückende für ein heutiges Publikum ins Leere und reizt zeitgenössische Theaterschaffende folglich zum Widerspruch.

Der Übersetzer Wolfgang Wiens thematisierte den Schluss – in Bezugnahme auf eine Inszenierung von Jürgen Flimm am Thalia Theater (1996) – in einem Gespräch für eine Diplomarbeit wie folgt:

> Mit dem Schluss hadern ja alle. Alle denken sich irgendwelche Schlüsse aus, der Sonnenkönig tritt auf, Tartuffe wird tot geprügelt, ich weiß nicht, was für Geschichten, auf jeden Fall macht keiner ein Happy End, den klassischen Molière Schluss.[2]

In diesem Zusammenhang stellen sich folgende Fragen: Wie gehen moderne Regisseure mit dem Ende um? Lässt sich bei deren Interpretationen bzw. Bearbeitungen des Schlusses etwas Verbindendes, ein roter Faden, erkennen? Wie „werkgetreu" sind diese Lösungen? Diese Fragen sollen in dieser Arbeit thematisiert und möglichst treffend beantwortet werden.

2. Methodik

Die Forschungsfrage würde sich aufgrund der großen Anzahl weltweiter „Tartuffe"-Inszenierungen in den letzten Jahrzehnten zweifellos für eine Doktorarbeit eignen. Um dem Format einer Seminararbeit gerecht zu werden, musste der Untersuchungsgegenstand in rezeptionsgeschichtlicher Hinsicht stark eingeschränkt werden.

---

[1] Köhler (1989), 74.
[2] Zellweger (2002), S. 56.

Die Entscheidung fiel zugunsten von Inszenierungen, die im deutschsprachigen Raum in den vergangenen vier Jahrzehnten einen gewissen Einfluss auf die Rezeptionsgeschichte des Werks hatten oder wegen ihrer originellen Ideen potenziell haben könnten, wobei Deutsch als Aufführungssprache keine Voraussetzung darstellte. Die Regisseure der ausgewählten Inszenierungen lauten Rudolf Noelte (1979), Ariane Mnouchkine (1995), Luc Bondy (2013) und Michael Thalheimer (2013). Natürlich wären für eine umfassendere Untersuchung weitere Inszenierungen interessant gewesen, wie beispielsweise jene von Jürgen Flimm am Thalia Theater (Hamburg, 1996) oder von Klaus Weise am Staatstheater Darmstadt (1989).

Die Rezeptionsanalyse dieser Inszenierungen konzentrierte sich auf den Schluss der jeweiligen Aufführung. Als Medien dienten vorrangig überregionale Tageszeitungen, die ein Grundniveau an journalistischer Qualität erfüllen und daher allgemein als „Qualitätszeitungen" gelten. In Österreich waren das die Wiener Zeitung, Die Presse, Kurier, Salzburger Nachrichten, und Der Standard (ab dem Jahr 1988) und in Deutschland – soweit in Wien verfügbar – die Süddeutsche Zeitung (SZ), Frankfurter Allgemeine Zeitung (FAZ), Die Zeit sowie vereinzelt der Tagesspiegel, die Berliner Zeitung, Die Welt und die Zeitschrift Der Spiegel. Als Rechercheorte dienten die Österreichischen Nationalbibliothek, die Wienbibliothek im Wiener Rathaus, die Bibliothek der Universität Wien und die Österreichische Mediathek. Falls kostenlos zugänglich, wurden die Online-Texte auf den betreffenden Internetseiten herangezogen.

Generell erwiesen sich die deutschen Rezensionen sowohl in qualitativer als auch in quantitativer Hinsicht für diese Untersuchung als ergiebiger als die österreichischen.

3. Die Fassungen von „Tartuffe"

Die uns überlieferte, fünfaktige Fassung von Molières „Tartuffe" stammt aus dem Jahr 1669. Bereits im Mai 1664 wurde am Hof von Versailles eine dreiaktige Fassung gezeigt, die den Untertitel „L'hypocrite" („Der Heuchler") trug. Auf Betreiben religiöser Vertreter wurde vom König die öffentliche Aufführung des Stücks verboten. Im November 1664 wurde eine überarbeitete, fünfaktige Version dieser ersten Fassung in privatem Rahmen aufgeführt. Weder die drei- noch die fünfaktige Version des Originals ist uns erhalten geblieben.

Die Forschung vermutet, dass der „Urtartuffe" mit dem Sieg der Titelfigur endete: Orgon vermacht Tartuffe sein Vermögen freiwillig und fordert ihn sogar auf, regelmäßig seine Frau zu besuchen.[3] Laut Grimm spricht einiges für eine niedrige soziale Herkunft des Heuchlers. Tartuffe „gehörte dem

---

[3] Vgl. Grimm (2002), S. 92.

geistlichen Stande an, in dem er eine Möglichkeit des gesellschaftlichen Aufstiegs sah, trug eine Tonsur, war Diakon, vielleicht sogar Priester."[4]

Die zweite Fassung gelangte im August 1667 unter dem Titel „Panulphe ou L'imposteur" („Panulphe oder Der Betrüger") zur Aufführung. Auch diese Fassung wurde verboten, diesmal von einem Vertreter des Königs, und auch diese Fassung ist uns nicht im Detail überliefert. Wir kennen aber immerhin ihren szenischen Ablauf und den Inhalt der einzelnen Szenen. Daraus lässt sich auf eine charakterliche Abmilderung der Titelfigur von der ersten zur zweiten Version schließen: Aus dem geistlichen Heuchler Tartuffe wurde der weltmännische Betrüger Panulphe.

Die uns heute überlieferte dritte Fassung trägt den Titel „Le Tartuffe ou L'imposteur" und wurde im Februar 1669 erstmals aufgeführt. Es waren wohl weitere Abmilderungen notwendig gewesen, um den König zu einer Freigabe des Stücks zu bewegen. Die wichtige Rolle des Königs bei Molières Kampf um seinen „Tartuffe" erklärt auch den königstreuen Schluss. Hier lässt Molière die Polizei des Königs folgendes sagen:

[...] unserm Fürsten ist Betrug verhaßt;	Sein sicheres Urteil kennt das richtige Maß;
Er ist ein Fürst, der in den Herzen liest	Rechtschaffenen verleiht er hohes Ansehn,
Und den die List der Heuchler niemals täuscht.	Doch trübt der Eifer nicht sein Augenmaß,
In seiner Größe kann er alle Dinge	Und Liebe zu den Redlichen läßt ihn
Aufs feinste unterscheiden und erfassen.	Den Abscheu vor den Falschen tief empfinden.
Niemals ist er zu vorschnell eingenommen;	[...]

Unzweifelhaft ist diese Stelle als Propaganda im Dienste des Königs zu verstehen. Sie war vermutlich nicht Teil der Urfassung und kann heute als notgedrungene Konzession an die Macht des Königs interpretiert werden. Man könnte auch sagen: Der Schluss mit seiner glücklichen Wendung und der Lobpreisung an den König liefen vermutlich, trotz der Nähe des Autors zum König, den ursprünglichen Intentionen Moliéres zuwider.

4. Rudolf Noelte (1979)

Auf diese Inszenierung des Wiener Burgtheaters, die kurz vor Weihnachten 1979 ihre Premiere hatte, wird in späteren Rezensionen mehrfach positiv Bezug genommen. Die Premierenberichte allerdings waren – offenbar in Übereinstimmung mit großen Teilen des Publikums – vernichtend. Nahezu alle Rezensenten kritisierten die Sprechweise der Schauspieler, die zwar auf eine möglichst große

---

[4] Grimm (2002), S. 92.

Natürlichkeit bedacht war, den schwierigen akustischen Verhältnissen des Burgtheaters aber offenbar zuwiderlief.

Vermutlich um die im Stück zutage tretenden Kommunikationsdefizite der Figuren zu unterstreichen, ließ Noelte die Schauspieler „aneinander vorbei" reden. „Immer geht einer während des Gesprächs bei einer Tür hinaus", berichtete Kurt Kahl im Kurier. Ähnlich Rudolf U. Klaus in der Wiener Zeitung: „Geredet wird prinzipiell ins Leere, denn kaum beginnt ein Dialog, verschwindet der Partner in einem Nebenraum, antwortet undeutlich von dort, kommt zurück, aber da ist der andere bereits hinter der Tür oder auf der Treppe versteckt." Klaus war der ernste Charakter dieser Inszenierung ein Dorn im Auge und urteilte: „Diese […] Geschichte […] ist bei tragischen Zügen doch auch immer noch eine Komödie".

Die vom Regisseur eingerichtete Textfassung basierte auf der Übersetzung von Arthur Luther, deren „gewaltsame Reimerei" nach Meinung des Kritikers Rudolf U. Klaus für „wenigstens für ein kleines bißchen unfreiwilliger Komik" sorgte. Neben Klaus beklagte sich auch Elisabeth Effenberger in den Salzburger Nachrichten über gedehnte Dialoge und die dreistündige Aufführungsdauer. Lediglich Karin Kathrein verteidigte diese Produktion, indem sie in der Tageszeitung Die Presse schrieb: „Dennoch handelt es sich um eine Aufführung von hoher künstlerischer Qualität, anspruchsvoll, eigensinnig und ästhetisch ungemein reizvoll."

Über den Schluss gibt indes keine der analysierten Kritiken Auskunft. Nur Klaus nennt ihn, allerdings auf das Werk im Allgemeinen bezogen, „kunstvoll-künstlich aufgepappt". Das deutet darauf hin, dass er in Noeltes Inszenierung nicht wesentlich verändert wurde. Demgegenüber erklärte Klaus Maria Brandauer, der damals die Titelfigur verkörperte und sich hinter das Regiekonzept stellte, in einem ORF-Radiointerview vor der Premiere, der originale Schluss sei „eine Notwendigkeit der damaligen Zeit" gewesen, die wir „heute nicht mehr notwendig" hätten.[5]

Aufschluss gibt die Aufzeichnung des Premierenabends, der in der Österreichischen Mediathek zu finden ist: In der damals gespielten Fassung war am Ende zwar von „Hof" und „Majestät" die Rede, die Huldigung auf den König hatte man allerdings eliminiert. Bei Tartuffes Festnahme überwog der Sieg des detektivischen Gespürs der Exekutive in einem funktionierenden, monarchischen Staat. Abgesehen vom Fürstenlob blieb die Vorlage inhaltlich unangetastet. Es liegt die Vermutung nahe, dass Ende der 1970er-Jahre inhaltliche Eingriffe, zumindest im österreichischen „Nationaltheater", lediglich im Rahmen von behutsamen Streichungen am Ausgangstext denkbar waren, grundlegende Änderungen aber verpönt gewesen wären.

---

[5] Hofer (1979), ab 54:18.

5. Ariane Mnouchkine (1995)

Unter der Leitung seiner Gründerin und Truppenleiterin Ariane Mnouchkine zeigte das
Theaterkollektiv Théâtre du Soleil seinen „Tartuffe" als Koproduktion mit den Wiener Festwochen
erstmals im Juni 1995 im Wiener Museumsquartier. Unter Verwendung des französischen
Originaltextes verfrachtete Mnouchkine die Handlung in eine moslemische Welt und fügte, was fast
allen Rezensionen eine Erwähnung wert war, einen Straßenhändler mit arabische Gassenhauer
tönendem Ghettoblaster als den Theaterabend pantomimisch rahmende Figur ein.

„Molières Abrechnung mit Mißständen in der katholischen Kirche wird in Ariane Mnouchkines
Deutung zu einer Geschichte aus der islamischen Welt von heute. Die Rechnung geht auf", schrieb
Haider-Pregler in der Wiener Zeitung. Demgegenüber sorgte die Verfrachtung in den Islam bei Alfred
Pfoser (Salzburger Nachrichten) für Verwirrung: „Das französische 17. Jahrhundert läßt es sich nicht
so ohne weiteres gefallen, wenn ihm die transkontinentalen Probleme des 20. Jahrhunderts
übergestülpt werden. Wenn man schon die Gleichung mit den Mullahs aufstellt, wer ist dann heute
der Sonnenkönig, der am Schluß durch seinen Diener im zerrütteten Haus Orgon Besitz und Ordnung
bestätigt und für einen heilen Ausgang sorgt? Ariane Mnouchkine sorgt also mit ihrem Konzept auch
für ziemliche Verwirrung."

Sowohl Mnouchkins Konzept als auch die Produktion selbst wurden von der Kritik zum
überwiegenden Teil positiv aufgenommen. Wer die damals erschienenen Rezensionen aus heutiger
Sicht liest, dem erscheint Mnouchkines Inszenierung, während in arabischen Ländern Terrorgruppen
unter dem Deckmantel des Islam selbst unter Islamgläubigen für große Angst sorgen, geradezu
prophetisch. Benjamin Henrichs (Die Zeit) schrieb:

> Der junge Herr Tartuffe (Shahrokh Meshkin Ghalam) ist nicht allein. Er kommt mit Gefolge, sechs
> Männern, die ihm gleichen wie Zwillingsbrüder. Mit ihren langen, schwarzen Mänteln, ihren schwarzen
> Backenbärten, ihren im Glaubenseifer blitzenden Augen (jeder Blick ein Messerwurf) stürmen sie herein
> wie eine religiöse Kampf- und Terrorgruppe. Sieben schwarze Männer, sieben Raben. Menschliche
> Totenvögel. Ob sie für den Christengott ins Gefecht ziehen, für Allah oder Jahwe, verrät die Regisseurin
> nicht, es spielt auch gar keine Rolle.

Damals sah man vor allem Parallelen zu Salman Rushdie, der – wie damals Molière – von Eiferern
wegen vermeintlich blasphemischer Aktivitäten mit dem Tod bedroht worden war. Darauf spielt der
Titel „Satanische Verse" an, unter dem die oben zitierte Rezension erschienen war.

In Bezug auf den Schluss war in der Wiener Zeitung zu lesen:

> Der Vertreter der Staatsmacht, der alles zum Guten wendet und den falschen Heiligen als langgesuchten
> Gauner verhaften läßt – bei Molière eine Hommage an Ludwig XIV. -, erscheint als nicht gerade

Vertrauen erweckender, ungerührt auch für die eigene Tasche kassierender, leicht vergammelter Bürokrat im dunklen Anzug mit Fez auf dem Kopf.

Die Zeit tippte auf ein zufälliges Ende:

> Am Ende wird doch alles gut. Nicht, weil das Gute im Staat obsiegen würde. Der Abgesandte des Königs, der den Tartuffe verhaftet, ist hier ein schmieriger, tückischer alter Mann, der sein edles Werk mit einem Schmuckdiebstahl dreist beendet. Daß Tartuffe und die Terroristen Gottes (vielleicht ein letztes Mal) niedergezwungen wurden, ist nicht sonnenkönigliche Weisheit, ist wohl nur ein schäbiger Zufall.

Einen ungewöhnlich polemischen und unsachlichen Verriss publizierte die SZ. Man könnte meinen, der Rezensent C. Bernd Sucher habe damals ein persönliches Problem mit der Regisseurin gehabt. Dennoch lieferte er einen für diese Untersuchung brauchbaren Einwand, den seines Erachtens unrealistischen Schluss betreffend: „Der König ex machina, der die Orgons vor dem Ruin rettet, er könnte schwerlich helfen; hat dieser Tartuffe doch bereits die Armee hinter sich, stramme Burschen in Kampfanzügen."

Tatsächlich ist Tartuffe in Mnouchkins Sichtweise kein Einzelkämpfer. Er kommt im Gefolge, und sein Auftritt wird von einem Volksaufmarsch begleitet. Er hat Macht, die er gegen die Obrigkeit ausspielen könnte. Eine schlüssige Antwort auf Suchers Einwand lieferte Stadelmaier in der FAZ:

> Daß ihn am Ende der Bote des Königs verhaftet und ins Gefängnis wirft, dabei aber lässig den Familienschmuck der Orgons als Bakschisch mitgehen läßt, das hat Orgon weniger der Gerechtigkeit als womöglich einer Intrige unter Mullahs zu verdanken. Schneller kühler, politischer, „verdorbener" und gewitzter sah man diese Szene nie.

Eine Intrige unter Mullahs befreit die Familie des Orgon am Ende womöglich vom fundamentalistischen Muslim Tartuffe. Die Zeit beschrieb das letztliche Happy-End wie folgt:

> Salzsäulenstarr sitzen alle da, als hätten sie soeben dem Schauspiel der eigenen Vernichtung zusehen müssen. Lange Stille. Doch nun merkt man, daß auch der Straßenhändler zu den Überlebenden gehört, jetzt bei den Orgons hockt. Nach einer Weile nimmt er seine Kastagnetten und beginnt ganz sachte mit der Morgenmusik des Anfangs. Die Familie erwacht aus der Betäubung. Elmire und Dorine beginnen vorsichtig einen kleinen Freudentanz. Herr Orgon sitzt weiter leichenstarr. Da nimmt die Frau die Hände des Mannes und schlägt sie aufeinander. So lange, bis auch Orgon aus dem Totenreich des Krieges zurückgekehrt ist.

Die FAZ interpretierte die orgiastische Euphorie, die letztlich über den lange anhaltenden Schock triumphiert, als „trotzigen Wahn" – und hinterfragt das Happy-End auf subtile Art:

> Die Familie kann die Hände wieder herunternehmen. Der Spuk Tartuffe hat die Köpfe verheert, die Herzen entleert. Tartuffe ist im Gefängnis. Doch der Terror geht weiter. Orgon liegt wie wahnsinnig am

Boden, die Hausfrau prügelt weinend auf ihn ein, die Liebenden sitzen traurig zur Seite. Nur der Orangenhändler klappert leise und ironisch mit den Kastagnetten. Und da fährt das bißchen Rhythmus den Zerstörten in die Beine, man zuckt, tänzelt, tanzt, dreht sich, wirft plötzlich Reis, feiert die Hochzeit der Kinder wie in einem Rausch, einem trotzigen Wahn. Es ist kein Happy-End. Es ist ein hinreißender, toller Traum.

Die Premierenberichte, insbesondere des Schlusses, werfen die Frage auf, inwieweit die vierstündige Produktion letztlich als Komödie zu werten ist. Gernot W. Zimmermann schrieb polemisch im Standard: „Und es liegt nicht nur an der orientalischen Verkleidung, daß der eine oder andere ins Rätseln kommen könnte, aus welcher Tragödie er eben herausgekommen ist."

Zimmermanns Aussage scheint Stadelmaiers Charakterisierung von Orgon zu unterstreichen:

> Wenn Herr Orgon bei Ariane Mnouchkine auftritt, bleich, den eleganten Giletanzug unterm schwarzen Kaftan, den roten Samtfez auf dem schmalen Kopf, dann tritt kein Liebhaber, kein Neurotiker, kein Tyrann, kein Trottel auf. Der Mann kniet auf einem kostbaren Teppich, schlürft Kaffee und hört sich an, was Tartuffe in seiner Abwesenheit im Haus alles angestellt hat. Orgon hat Angst.

Die Verlachung eines verschrobenen, vermeintlich gutmütigen Familienoberhaupts wich bei Mnouchkine demnach einer Komik, die durch Ängste genährt wurde. Zur Figur des Orgon ergänzte Stadelmaier:

> Er ist zum Bitterlachen, weil er normal zwischen zwei Übeln taumelt: ein antiquierter Halbmoderner, der gut Freund mit den modernen Reaktionären, den Masseneinpeitschern sein möchte. Im Riß liegt der Witz.

Inwieweit ist Molières politische Komödie bei Mnouchkine also noch eine Komödie? In einem Interview der Berliner Zeitung mit der Regisseurin war folgendes zu lesen:

> Moliere wandte sich an einen König, der so mächtig ist, daß ein Wort von ihm alles zerstören, aber auch alles harmonisieren kann. In unserer Epoche, in der sich diese Geschichte des Tartuffe reproduziert, gibt es keine solchen absoluten Könige mehr. An ihre Stelle sind tyrannische Staaten getreten, deren Machthaber in Worten gegen Terrorismus, gegen Fanatismus sind, z. B. in Algerien, vom Iran will ich schon gar nicht reden, - weil die Tartuffes dort direkt an der Macht sind -, oder in Saudi-Arabien, wo es zwischen Staat und Tartuffes hin- und hergeht und Orgons entstehen lassen, die glauben, sich heraushalten zu können, wenn sie mitmachen. Aber die ausgeübte Macht ist im Kern tyrannisch, es sind korrupte Staatswesen, und L'Exempt verkörpert sie.
>
> *Aber nach dem durchstandenen Terror, dem Schrecken und Entsetzen gerät die Hochzeit zwischen Mariane und Valere von einem Familien- zu einem fast übermütigen Volksfest.*
>
> So ist es, die Leute sind da, das Leben geht weiter, wir sind bei allem Bösen doch in einer Komödie.

Die Produktion gastierte nach der Premiere bei den Wiener Festwochen noch an anderen, zumeist französischen Orten, wie am Festival in Avignon und in Paris. Vermutlich bestätigte sich aber die Möglichkeit, Molières „Tartuffe" vom katholischen ins moslemische Umfeld zu transponieren, nirgendwo besser als in Kabul (Afghanistan), als im Jahr 2006 das – ebenfalls von Ariane Mnouchkine gegründete – Aftaab Theatre das Werk in einer Regie von Helene Cinque mit einer vergleichbaren Sichtweise zur Aufführung brachte.[6]

6. Luc Bondy (2013)

Mit „Tartuffe" präsentierte Luc Bondy im Mai 2013 im Akademietheater seine letzte Inszenierung als Intendant der Wiener Festwochen. In einem Interview mit dem Kurier kündigte Bondy eine eigene Fassung an, die er gemeinsam mit Peter Stephan Jungk erarbeitete: „Bei Molière ist immer der Schluss eine Katastrophe. Da machen wir etwas. Ohne Deus ex Machina."[7]

Die Jungk-Bondy-Fassung wurde, ebenso wie die Inszenierung, von der Kritik ambivalent aufgenommen. Während Norbert Mayer den Prosatext lediglich als „ungelenk" und „geschwätzig" bezeichnete, wurde Stadelmaier in FAZ etwas konkreter: Die Prosa-Übersetzung staue und hemme den Sprachfluss und lasse daher „Reflexionspausen und Unterbrüche" zu. Haider-Pregler (Wiener Zeitung) bescheinigte der Textfassung eine „flüssige Alltagsprosa", die Bondy dabei helfe, „die altbekannte Geschichte [...] neu und aufregend als Geschichte unserer Tage zu erzählen, ohne durch plakative Aktualisierungen in die Substanz des Werkes einzugreifen."

Obwohl diese Produktion mit etwas mehr als zwei Stunden Spielzeit (ohne Pause) weitaus kürzer ausfiel als die beiden zuvor behandelten, erschien sie manchem Kritiker, wie Norbert Meyer (Die Presse) und Ronald Pohl (Der Standard) als zu langatmig. Generell gewinnt man beim Lesen mancher österreichischer Rezensionen den Eindruck, dass die verhaltene Meinung über Bondys Inszenierung eher in Verbindung mit seinem Abschied als Festwochen-Intendant stand als mit der künstlerischen Qualität dieser Arbeit.

Uneingeschränktes Lob erhielten die namhaften Schauspieler. Orgon wurde von Gert Voss als Geschäftsmann im dunklen Anzug gezeigt. Im Gegensatz zur Vorlage spielte er „nicht mehr den naiv Betroffenen oder der mal bigott, mal religiös Verzückten, der sich vor Tartuffe zum Narren macht" (Tagesspiegel), sondern beherrschte „die ganze Skala von jovial bis unerbittlich" (Kurier) und balancierte „gekonnt zwischen Tragödie und Farce" (Presse).

---

[6] Youtube (2008) - https://www.youtube.com/watch?v=WbRm2JZm-1c
[7] Rosenberger (2013).

Joachim Meyerhoff sah als Tartuffe „aus wie ein Priesterseminarist" und wurde „als potenziell pädophil eingeführt, eine Spur, die sich dann aber schnell verliert. Der Lustmolch ist auch ein Verbalerotiker. Und am Ende ein knallharter Verbrechertyp." (Christine Dössel, SZ)

Wenn man den meisten Kritiken Glauben schenkt, dann war vom vorab angekündigten Ende ohne Deus ex machina letztlich nicht viel zu sehen: „Die Geschichte geht doch gut aus. Der König als Deus ex machina bestraft den Bösen und belohnt die Mitläufer" schrieb Die Presse, und in der SZ war zu lesen: „Aber es geht ja gut aus. Orgon kriegt ‚Per Staatsdekret' sein Haus zurück und Luc Bondy kriegt seinen All-Star-Applaus. Happy-End."

Wohl um die in diesem Werk verherrlichte Allmacht der Staatsgewalt abzumildern, griff Bondy allerdings zu einem Regiekniff, den nur Stadelmaier (FAZ) eine Erwähnung wert fand: In seiner Inszenierung wird die einfallsreiche Zofe Dorine (Edith Clever) zu einer Art Privatspionin, die heimlich Abhörgeräte installiert, um gegen Tartuffe jenes Corpus Delicti zu schaffen, das den Heuchler letztlich zur Strecke bringt. Andere, wie Peter Kümmel (Die Zeit), deuten dergleichen in ihrer Besprechung höchstens an.

Die Zofe hat bei Bondy womöglich einen guten Draht zur Staatsmacht. Der bei ihm als „Polizeikommisar" (Wiener Zeitung) auftretende Königsbote zieht laut Tagesspiegel „eine Kassette aus der Zimmerwand, auf der man Tartuffes Intrigen bereits vorsorglich dokumentiert habe." Die Zofe als private oder als amtliche Spionin? Diese Frage bleibt ungeklärt.

Stadelmaier (FAZ) lieferte jedenfalls gleich zu Beginn seiner Rezension die ausführlichste Beschreibung der Schlussszene:

Wenn alles vorüber, die Gefahr für Leib und Leben, Haus und Hof und Existenz gebannt ist, wird die große, weiße Tafel gedeckt. Man serviert Kaffee, Makronen und Törtchen. Die Familie entspannt sich. Streckt die Beine untern Tisch. Der auf Leinen gestickte Stammbaum des Hauses Orgon mit allen Ur- und Vorvätern, der die ganze Zeit wie eine Fahne von der Galerie hinten herabhing und zuletzt ängstlich eingerollt wurde, als gälte es, eine bedingungslose Kapitulation zu quittieren, hängt wieder da. Man lacht, plaudert, atmet durch. Die Tochter des Hauses wagt mit ihrem Verlobten sogar ein kleines, frech-schüchternes Slalom-Tänzchen zwischen den Kaffeegedecken auf dem Tisch.

Da klopft der Hausherr mit dem Löffelchen an seine Tasse. Erhebt sich. Man verstummt. Er wird einen Toast ausbringen. Herr Orgon aber steht da wie ein mittleres Gebirgsmassiv Elend. Ein großer, dunkler, aber krank und bleich wie aus aschiger Glut mühsam Restfunken schlagender Riese im dreiteiligen schwarzen Anzug, der den ganzen Mann allein noch zusammenzuhalten scheint. Die Haare nass und fliehend aus der Stirn gekämmt, stiert er auf den Tisch der ringsum Glücklichen wie in einen Abgrund hinunter. Und toastet dann so: „Der Mensch, das muss ich sagen, ist wirklich ein gemeines Tier!" Und wiederholt murmelnd das „gemeine Tier".

Abgesehen vom Schlusszitat machte sich Bondys Interpretation vermutlich mehr durch Feinheiten in der Personenführung und durch die von ihm geschaffene Bühnenatmosphäre bemerkbar als durch textinhaltliche Änderungen. Peter Kümmel ließ sich zu einer ganz eigenen Interpretation inspirieren:

> Am Ende wird Tartuffe verhaftet, und Orgon ist wieder Herr im Haus. Aber nur noch zum Schein und nur noch kurz. Er kommt in die Familie, die er lebenslang beherrscht hat, nicht mehr hinein. Sie will seinen Tod. Ohne Orgon funktioniert sie besser. Um ihn herum, an ihm vorbei, geht das Leben jetzt erst los. Es wird schon auf dem Tisch getanzt. Orgon aber spricht keuchend einen letzten Toast: "Der Mensch ist ein Tier." Er meint nicht Tartuffe.

Ob die Familie tatsächlich Orgons Tod wünschte und wen Orgon mit seinem Schlusszitat meinte, war, wenn man diesen Bericht mit anderen vergleicht, nicht klar. Das Zitat spricht aber für vielfältige Deutungsmöglichkeiten von Bondys Inszenierung.

Im Pariser Odéon-Theater inszenierte Bondy das Werk wenige Monate später ein zweites Mal, mit demselben Bühnenbild, aber mit anderen Schauspielern und mit französischem Originaltext. Wie Stadelmaier (FAZ) berichtete, wurde neben anderen bereits in Wien gezeigten Regieeinfällen auch in dieser Produktion das Schlusszitat („Der Mensch ist ein gemeines Tier") hinzugedichtet.

Es liegt die Vermutung nahe, dass Bondy sowohl in Wien als auch in Paris mittels von Zofe Dorine installierten Abhörgeräten den Deus ex machina-Schluss zumindest abschwächte, wenngleich sich das in der Rezeption kaum bemerkbar machte, und der Komödie mit einem erfundenen Schlusszitat ein nachdenkliches Ende verschaffen wollte.

7. Michael Thalheimer (2013)

Als neuer Hausregisseur der Berliner Schaubühne inszenierte Michael Thalheimer das Heuchlerstück kurz vor Weihnachten 2013. Die Produktion war stark von Olaf Altmanns „umwerfenden" Bühnenbild geprägt, in dessen Zentrum ein Kubus von „verwitterter Goldfarbe" stand, mit einem „billigen Wohnzimmersessel" und mit Kruzifix an der Rückwand, und der als „vertikale Drehbühne" Anwendung fand, wie Rüdiger Schaper den Lesern des Tagesspiegels mitteilte. „Der Sessel ist festgeschraubt, aber die Akteure rutschen ab, vom Boden bis an die Decke, suchen Halt auf leeren Wänden, bilden Knäuel, wenn der Raum zu kreisen beginnt. Eine Allzweckkonstruktion, eine Zentrifuge für Theatertexte", so der Kritiker.

Thalheimer machte aus Tartuffe (Lars Eidinger) „einen verzottelten Hardrocker, der sich die Worte der heiligen Schrift zwecks martialischer Selbstinszenierung auf den muskulösen Oberkörper tätowiert hat, als hätte ihn ein anderer Charismatiker des Wahnsinns, Robert de Niro als amoklaufender Rächer in Scorseses „Cape Fear", schwer beeindruckt." (Peter Laudenbach, SZ). Laut Christine Wahl (Der Spiegel) sei Tartuffe bei Thalheimer die „einzige vitale Figur" unter „Scheintoten": „Er spielt seine Rolle denn auch klar und offen. Zwar scheint diese Lesart ab und an mal etwas mit der Textvorlage zu kollidieren." Und Irene Bazinger (FAZ) schrieb, dieser Tartuffe sei „so etwas wie der unangepasste Künstler, den das Bürgertum zum Amüsement und gegen die grassierende Langeweile durchfüttert."

Als „pointiert" (Schaper) und „geschmeidig" gereimt (Bazinger) wurde die Textfassung von Wolfgang Wiens bezeichnet und allgemein durchaus wohlwollend aufgenommen.

Thalheimer inszenierte das Werk als „tragische Groteske" (Ulrich Seidler, Berliner Zeitung) und eliminierte den Deus ex machina-Schluss: „Tartuffe wird nicht festgenommen. Der Heuchler kann weitermachen. Jetzt aber gar nichts mehr mit Komödie – am Ende sieht es hier aus wie bei Schiller in der moralischen Anstalt." (Tagesspiegel). Bazinger schrieb:

> Anders als bei Molière taucht kein Polizist als Deus ex Machina auf, und so kommt die alte Ordnung nicht wieder ins Lot. Wie unter Schock zitiert Dorine, eine Säule geronnener Trauer, schließlich den 119. Psalm, auf dass der Himmel irgendwann den Sieg davontragen möge: „Herr, es ist Zeit zu handeln/man hat dein Gesetz gebrochen."

Bei Thalheimer endet das Werk mit einem „Lamento über die Gottverlassenheit" (Die Welt).

8. Schlussbetrachtung

Die Huldigung an eine allwissende Staatsmacht stellt Regisseure vor eine unweigerliche Herausforderung. Eine „Big-Brother-Utopie", auch wenn – oder gerade weil – vermeintlich positiv besetzt, ist mit unserer freiheitlich gesinnten, demokratischen Gesellschaft unvereinbar. Natürlich spricht aus kunsthistorischer Sicht nichts dagegen, das Werk in seiner „originalen" Fassung auf die Bühne zu bringen. „Original" steht aus gutem Grund zwischen Anführungszeichen, denn ob das uns überlieferte „Original" tatsächlich den ursprünglichen Intentionen Molières entspricht, muss bezweifelt werden. Vielmehr ist der „Tartuffe" eine bissige Satire, die, lebte Molière in unserer Zeit, heute vermutlich noch weit schärfer ausgefallen wäre. Zudem wissen wir, dass eine ältere als die uns überlieferte Fassung einen anderen Ausgang, mit siegreichem Tartuffe, hatte.

Die Frage, wie eine werksgetreue Aufführung dieses Werks auszusehen hätte, kann daher nicht klar beantwortet werden.

Rudolf Noelte hielt in den 1970er-Jahren an der überlieferten Dramaturgie fest, eliminierte aber die Huldigung an den König. Trotzdem spielte seine Inszenierung in einer monarchischen Gesellschaft. Man könnte sagen, er wählte einen Mittelweg zwischen einer zeitlichen Verhaftung im 17. Jahrhundert und dem Geist einer demokratischen Gesellschaft. Bereits damals zeigten sich die Freiheiten, die eine Übersetzung einer Inszenierung ermöglichen kann.

Wird in der originalen, französischen Alexandriner-Fassung gespielt, dann erschließt sich eine modernisierte Deutung, neben der Möglichkeit von Textstreichungen, vor allem über das Visuelle. Ariane Mnouchkines Produktion aus den 1990er-Jahren schuf eine visuelle Meta-Ebene, die erfolgreich auf den überlieferten Text gelegt wurde und zugleich betonte, dass Heuchelei ein religionsübergreifendes Phänomen ist. Sie ebnete mit dieser Sichtweise den Weg zu einer Rezeption des Werks in außereuropäischen Kulturen. Mnouchkine legte den Kern des Werks frei und befreite es vom Charakter einer klassischen Komödie – und setze dabei einen Schritt, dem später andere Regisseure folgten. Ihre Regieanweisungen wiesen auf die Schattenseiten von vermeintlich guten Regimen hin: Machtmissbrauch und Korruption.

Luc Bondy wählte einen Weg, der sich sowohl in einer deutschen Übersetzung für das Burgtheater als auch im französischen Original für das Pariser Odeon realisieren ließ. Ebenso wie bei Noelte konzentrierte sich seine Sichtweise auf die innerfamiliäre Zerrüttung. Er versuchte, von der Kritik größtenteils unbeachtet, dem Schluss mit einer Zofe-als-Spionin eine nachvollziehbare Erklärung hinzuzufügen (wobei ihr Verhältnis zur Staatsmacht vermutlich offen blieb). Zudem bediente er sich eines hinzugedichteten Schlusssatzes durch Orgon, der den Zuschauer nachdenklich aus dem Theater entlassen und das Satirische an dieser Komödie betonen sollte.

Auch Michael Thalheimer dichtete einen Schlussmonolog hinzu. Er ließ die Zofe einen Psalm sagen, der die Hilflosigkeit von ehrbaren Menschen gegenüber Heuchlern verdeutlichte. Als einziger unter den ausgewählten Regisseuren eliminierte er den Deus ex machina-Schluss völlig. Diese vermeintlich radikalste Änderung war womöglich, im Hinblick auf die Geschichte des Werks, die werkgetreuste.

Einen roten Faden gab es in allen analysierten Inszenierungen: Molières „Tartuffe" ist keine reine „Verlach-Komödie", keine Komödie mit plattem Witz, dafür höchst tiefgründig, vielschichtig, bitter und mit subtilem Humor, der sich perfekt für eine schwarze Satire eignet.

Literatur

Primärliteratur

Moliére: Der Tartuffe oder Der Betrüger. Komödie in fünf Aufzügen. Übersetzung von Monika Fahrenbach-Wachendorff. Nachwort von Hartmut Köhler, Reclam: Ditzingen, 1989.

Sekundärliteratur

Grimm, Jürgen: Molière. Zweite Auflage, J.B. Metzler: Stuttgart, Weimar (2002).

Köhler, Hartmut: Nachwort. – In: Moliére: Der Tartuffe oder Der Betrüger. Komödie in fünf Aufzügen. Übersetzung von Monika Fahrenbach-Wachendorff. Nachwort von Hartmut Köhler, Reclam: Ditzingen, 1989, S. 73-80.

Rosenberger, Werner: Luc Bondy: "Ein freundliches Aufwiedersehen". Luc Bondy verabschiedet sich von den Wiener Festwochen (10. Mai bis 16. Juni). – In: Kurier, online-Artikel vom 01.05.2013, http://kurier.at/kultur/wiener-festwochen/luc-bondy-ein-freundliches-aufwiedersehen/11.012.364

Schumacher, Ernst: In allen Epochen gibt es neue Tartuffes. Ariane Mnouchkine über ihre Inszenierung der Moliereschen Komödie im Theatre du Soleil. – In: Berliner Zeitung, online-Artikel vom 12.07.1999, http://www.berliner-zeitung.de/archiv/ariane-mnouchkine-ueber-ihre-inszenierung-der-moliereschen-komoedie-im-theatre-du-soleil-in-allen-epochen-gibt-es-neue-tartuffes,10810590,8975290.html

Zellweger, Helen Florence: Bühnenwirksamkeit von Molières „Tartuffe". Zwei deutsche Übersetzungen im Vergleich mit besonderem Augenmerk auf Spielbarkeit und Theaterpraxis. Diplomarbeit zur Erlangung des Magistergrades der Philosophie […], eingereicht an der Geistes- und Kulturwissenschaftlichen Fakultät der Universität Wien, 2002.

Audio- & Videodateien

Hofer, Brigitte [Gestaltung]: Kultur: Burgtheater "Tartuffe". Interview: Schauspieler Brandauer. - In: ORF-Mittagsjournal, 20.12.1979, Österreichische Mediathek, Signatur: jm-791220_or (50:40-56:15). Online: http://www.mediathek.at/atom/0B23F1C3-38F-00A41-00000FF4-0B2301E1 [Zugriff am 26.08.2015].

Molière: Tartuffe. Premierenmitschnitt der Neuinszenierung am Wiener Burgtheater, mp3-Audiodatei, Österreichische Mediathek, Signatur: 10-20318_a_k02.

Rennhofer, Maria [Gestaltung]: A. Mnouchkine gastiert mit "Tartuffe" bei den Wiener Festwochen. – In: ORF-Mittagsjournal, 09.06.1995, Österreichische Mediathek, Signatur: jm-950609_or (51:30-55:30). Online: http://www.mediathek.at/atom/143AF55C-3D5-00156-00000960-143A0449 [Zugriff am 26.08.2015].

Youtube: Le Tartuffe by Aftaab Theatre in Afghanistan – 2006, Hochgeladen am 06.09.2008, https://www.youtube.com/watch?v=WbRm2JZm-1c [Zugriff am 31.08.2015].

Rezensionen

Rudolf Noelte (1979)

Effenberger, Elisabeth: Monsieur Poquelin blieb nichts zu lachen. Rudolf Noelte setzte im Burgtheater seine Vorstellung von „Tartuffe" gegen die Komödie. – In: Salzburger Nachrichten, 24.12.1979, S. 8.

Kahl, Kurt: Der Salon als Durchhaus. Noeltes mit Spannung erwarteter „Tartuffe" wurde zum Durchfall der Saison. – In: Kurier, 23.12.1979, S. 13.

Kathrein, Karin: Scheitern an Beziehungslosigkeit. Rudolf Noelte inszenierte am Burgtheater Molières „Tartuffe". – In: Die Presse, 24.12.1979, S. 4.

Klaus, Rudolf U.: Leerlauf als Wille und Vorstellung. Burgtheaterpremiere: Rudolf Noelte inszenierte Molières „Tartuffe". – In: Wiener Zeitung, 23.12.1979.

Ariane Mnouchkine (1995)

Haider-Pregler, Hilde: Ein scheinheiliger Fundamentalist. Festwochen-Finale mit Mnouchkine-Premiere: „Tartuffe". – In: Wiener Zeitung, 13.06.1995, S. 4.

Henrichs, Benjamin: Molières Satanische Verse. – In: Die Zeit 25/1995 (16.06.1995), online-Artikel vom http://www.zeit.de/1995/25/Molia%CC%88res_Satanische_Verse [Zugriff am 24.08.2015].

Kahl, Kurt: Ein Scheinheiliger ohne Kreuz. Molières Komödie „Le Tartuffe", inszeniert von Ariane Mnouchkine, im Wiener Museumsquartier. – In: Kurier, 12.06.1995, S. 30.

Petsch, Barbara: Türkischer Tartuffe. Festwochen-Gastspiel. – In: Die Presse, 12.06.1995, S. 17.

Pfoser, Alfred: Läßt sich die Sittenkomödie in das Heute fortschreiben? Wiener Festwochen: Premiere von Ariane Mnouchkines „Tartuffe"-Version. – In: Salzburger Nachrichten, 12.06.1995, S. 7.

Stadelmaier, Gerhard: Herzbürgerkrieg in Tartuffistan. Ariane Mnouchkines Sonnentheater durchleuchtet Molière bei den Wiener Festwochen. – In: Frankfurter Allgemeine Zeitung, 12.06.1995, S. 26.

Sucher, C. Bernd: Der Löwe brüllt: Molière ist tot! Ariane Mnouchkine inszeniert „Tartuffe" in einer alten Messehalle. – In: Süddeutsche Zeitung, 12.06.1996, S. 12.

Zimmermann, Gernot W.: Eine Tragödie im Land der Märchentante. Weltpremiere des Théâtre du Soleil mit Molières „Le Tartuffe" bei den Wiener Festwochen. – In: Der Standard, 12.06.1995, S. 15.

Luc Bondy (2013)

Becker, Peter von: Der Stattneurotiker, Der Tagesspiegel, online-Artikel vom 30.05.2013, http://www.tagesspiegel.de/kultur/der-stattneurotiker/8273174.html [Zugriff am 30.08.2015].

Dössel, Christine: Abgefeudelt. Gehen wir Schauspieler gucken: Luc Bondy inszeniert zu seinem Abschied aus Wien Molières „Tartuffe" mit einem All-Star-Ensemble. – In: Süddeutsche Zeitung, 31.05.2013, S. 11.

Haider-Pregler, Hilde: Fatale Männerfreundschaft. Ein Festwochen-Höhepunkt: Luc Bondys „Tartuffe"-Inszenierung. – In: Wiener Zeitung, 31.05.2013, S. 27.

Kümmel, Peter: Der Mensch ist ein Tier. Abschied aus Wien: Luc Bondy inszeniert Molières „Tartuffe" am Akademietheater. – In: Die Zeit, 24/2013, online-Artikel vom 06.06.2013, http://www.zeit.de/2013/24/theater-tartuffe-luc-bondy [Zugriff am 30.08.2015].

Mayer, Norbert: Wiener Festwochen: Müder Abschied mit "Tartuffe". Luc Bondy inszeniert im Akademietheater Molières Komödie der Heuchelei zu langsam, in umständlicher Prosa. – In: Die Presse, online-Artikel vom 30.05.2013, http://diepresse.com/home/kultur/news/1412889/Wiener-Festwochen_Muder-Abschied-mit-Tartuffe [Zugriff am 30.08.2015].

Pohl, Ronald: "Tartuffe" mit gähnenden Tiefen. Luc Bondys Wiener Abschiedsinszenierung im Akademietheater enttäuscht. – In: Der Standard, online-Artikel vom 28.05.2013, http://derstandard.at/1369361999158/Tartuffe-mit-gaehnenden-Tiefen [Zugriff am 30.08.2015].

Rosenberger, Werner: Sein, Schein und ein Schwein. Luc Bondy hat „Tartuffe" für die Wiener Festwochen als Molière für heute inszeniert. – In: Kurier, online-Artikel vom 29.05.2013, http://kurier.at/kultur/wiener-festwochen/kritik-molieres-tartuffe-im-akademietheater-sein-schein-und-ein-schwein/14.079.591 [Zugriff am 30.08.2015].

Stadelmaier, Gerhard: Der Bürger ist ein schwarzer Vogel. Luc Bondys „Tartuffe" in Wien. – In: Frankfurter Allgemeine Zeitung, 31.05.2013, S. 31.

Stadelmaier, Gerhard: Liebestoll in Bürgerhöllen. Luc Bondys „Tartuffe" in Paris. – Frankfurter Allgemeine Zeitung, 28.03.2014, S. 13.

Michael Thalheimer (2013)

Bazinger, Irene: Nackte Haut ist eben gefährlich. So grandios, dass sich selbst der Teufel freuen würde: Molières „Tartuffe" in Berlin. – In: Frankfurter Allgemeine Zeitung, 23.12.2013, S. 29.

Heine, Matthias: Lars Eidinger als volltätowiertes De-Niro-Imitat. Michael Thalheimer inszeniert sein erstes Stück als Hausregisseur der Berliner Schaubühne. – In: Die Welt, online-Artikel vom 22.12.2013, http://www.welt.de/kultur/buehne-konzert/article123213477/Lars-Eidinger-als-volltaetowiertes-De-Niro-Imitat.html [Zugriff am 30.08.2015].

Laudenbach, Peter: Michael Thalheimers falscher Erlöser. Eine „Tartuffe"-Party an der Berliner Schaubühne. – In: Süddeutsche Zeitung, 24./25./26.12.2013, S. 14.

Schaper, Rüdiger: Die Achse des Blöden. Thalheimer-Inszenierung an der Berliner Schaubühne. – In: Der Tagesspiegel, online-Artikel vom 21.12.2013, http://www.tagesspiegel.de/kultur/thalheimer-inszenierung-an-der-berliner-schaubuehne-die-achse-des-bloeden/9253030.html [Zugriff am 30.08.2015].

Seidler, Ulrich: Kommet, ihr Trottel. Tartuffe an der Schaubühne. - In: Berliner Zeitung, online-Artikel vom 22.12.2013, http://www.berliner-zeitung.de/kultur/tartuffe-an-der-schaubuehne-kommet--ihr-trottel,10809150,25710622.html [Zugriff am 30.08.2015].

Wahl, Christine: Lars Eidinger in "Tartuffe": Beten, baggern, absahnen , Der Spiegel, online-Artikel vom 21.12.2013, www.spiegel.de/kultur/gesellschaft/michael-thalheimer-inszeniert-tartuffe-mit-lars-eidinger-a-940448.html [Zugriff am 30.08.2015].

Keine Rezension, weder gedruckt noch online, war in der Wochenzeitung Die Zeit auffindbar.

BEI GRIN MACHT SICH IHR
WISSEN BEZAHLT

- Wir veröffentlichen Ihre Hausarbeit,
  Bachelor- und Masterarbeit

- Ihr eigenes eBook und Buch -
  weltweit in allen wichtigen Shops

- Verdienen Sie an jedem Verkauf

Jetzt bei www.GRIN.com hochladen
und kostenlos publizieren

CPSIA information can be obtained
at www.ICGtesting.com
Printed in the USA
BVHW032017030119
536861BV00022B/81/P